Para Sarah y Daniel y con ellos
para todos los niños que han heredado
la riqueza de dos culturas.

© **1999 Santillana USA Publishing Co., Inc.**

2105 N.W. 86th Ave.
Miami, FL 33122

10 09 08 07 06   6 7 8 9 10 11 12

Printed in Colombia

ISBN: 1-58105-174-3

CUENTOS PARA TODO EL AÑO

La sorpresa de Mamá Coneja

Alma Flor Ada

Ilustraciones de Vivi Escrivá

ALFAGUARA
INFANTIL Y JUVENIL
SANTILLANA

Los ocho conejitos quisieron darle una sorpresa a su mamá.

— Siempre anda muy apurada cuando se acerca la Pascua Florida — dijo Coliblanca.

— Es un montón de trabajo recoger tantos huevos — continuó Orejilarga.

— ¡Y más trabajo todavía pintarlos! — añadió Ojibrillante.

— ¿Por qué no la ayudamos? — propuso Bigotelargo.

— ¡Sí, sí, vamos a ayudarla! — asintió Lomosedoso.

¿Qué podemos hacer? — preguntó Pativeloz.

— Podríamos recoger nosotros los huevos — sugirió Saltarina.

— Pues, ¡vamos enseguida! — exclamó Manchada.

Y se fueron los ocho saltando.

La gallina estaba en el gallinero rodeada de sus pollitos.
Coliblanca la saludó:

    — Buenos días, señora Gallina.

    ¿Me daría un huevo para la Pascua Florida?

Y la gallina le respondió:

        — Ya mis pollitos nacieron;
      no me queda ningún huevo.
      Pero por ser para ti
      voy a ponerte uno nuevo.

Y puso un huevo y se lo dio; un hermoso huevo
de color crema.

La pata estaba en la charca, rodeada de sus patitos.
Orejilarga la saludó:

    — Buenos días, señora Pata.

    ¿Me daría un huevo para la Pascua Florida?

Y la pata le respondió:

        — Ya mis polluelos nacieron;
        no me queda ningún huevo.
        Pero por ser para ti
        voy a ponerte uno nuevo.

Y puso un huevo y se lo dio; un huevo más grande
que el de la gallina.

La codorniz estaba en el prado, rodeada de sus codornicitas. Ojibrillante la saludó:

— Buenos días, señora Codorniz.
¿Me daría un huevo para la Pascua Florida?

Y la codorniz respondió:

— Ya mis pollitos nacieron;
no me queda ningún huevo.
Pero por ser para ti
voy a ponerte uno nuevo.

Y puso un huevo y se lo dio; un huevo pequeño y manchado.

9

La petirrojo escarbaba en la huerta, buscando
gusanos para alimentar a sus pichones.
Bigotelargo la saludó:

— Buenos días, señora Petirrojo.

¿Me daría un huevo para la Pascua Florida?

Y la petirrojo le respondió:

— Ya mis pichones nacieron;
no me queda ningún huevo.
Pero por ser para ti
voy a ponerte uno nuevo.

Y puso un huevo y se lo dio; un huevito azul
y brillante.

La madre cisne nadaba en el lago, seguida de sus hijuelos. Lomosedoso la saludó:

— Buenos días, señora Cisne.
¿Me daría un huevo para la Pascua Florida?

Y la madre cisne le respondió:

— Ya mis hijitos nacieron;
no me queda ningún huevo.
Pero por ser para ti
voy a ponerte uno nuevo.

Y puso un huevo y se lo dio; un huevo grande y blanco, blanco.

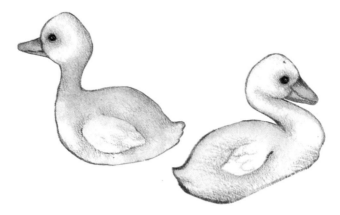

La golondrina de mar volaba sobre la playa.
Pativeloz, desde la arena la saludó:

  — Buenos días, señora Golondrina de mar.
  ¿Me daría un huevo para la Pascua Florida?

Y la golondrina de mar le respondió:
    — Ya mis hijitos nacieron;
    no me queda ningún huevo.
    Pero por ser para ti
    voy a ponerte uno nuevo.

Y puso un huevo y se lo dio; un huevo de color café,
con manchas de color café oscuro.

La cuclillo cantaba alegremente, con su hermosa voz, parada en una rama florida.

Saltarina la saludó:

— Buenos días, señora Cuclillo.

¿Me daría un huevo para la Pascua Florida?

Y la cuclillo, que no hace nido, sino que deja cada uno de sus huevos en el nido de algún otro pájaro, le respondió:

— Mis hijos ya habrán nacido;
no me queda ningún huevo.
Pero por ser para ti
voy a ponerte uno nuevo.

Y puso uno y se lo dio; un hermoso huevo blanco y negro.

La colibrí zumbaba entre las flores. Manchada
esperó a que se detuviera en el aire, libando el néctar
de una campanilla, para saludarla. Como no sabía
cuál de sus nombres preferiría, Manchada dijo:

> — Buenos días, señora Colibrí,
> señora Chuparrosa, señora Picaflor,
> señora Zumbador, señora Zun-zun.
> ¿Me daría un huevo para la Pascua Florida?

Y la colibrí, batiendo muy rápidamente sus alitas
para poder quedarse en el mismo sitio, le respondió:

> — Mis pichoncitos ya nacieron;
> no me queda ningún huevo.
> Pero por ser para ti
> voy a ponerte uno nuevo.

Y puso un huevo y se lo dio; un huevito blanco,
pequeñito, pequeñito.

¡Qué sorpresa cuando volvieron con los huevos!
— ¡Pónganlos todos aquí, con cuidado! — dijo
Mamá Coneja, señalando su mesa de dibujo.

— Ésta será la mejor Pascua Florida que jamás
haya habido — les dijo a sus hijitos. — Porque
ustedes han buscado los huevos con tanto cariño

y . . . porque todos son distintos.

Blancos, cremosos,
negros, café,
amarillos, punteados
de todo se ve.
Grandes, medianos
y este chiquitito.
Mientras más variedad,
¡todo es más bonito!
¡Qué bonitos los huevos
de la Pascua Florida!
Es hermosa la variedad
en nuestra vida.

Amigos rubios, negros, trigueños,
blancos, asiáticos y caribeños.
De cada uno algo aprendemos
si nos queremos y comprendemos.